Nouvelles histoires pressées

Collection dirigée par
Christian Poslaniec
et animée par Patricia Fourgeaud

ISBN : 2-86726-740-4

Bernard Friot

Nouvelles histoires pressées

Illustrations de
Alfred Morera

Milan

Bernard Friot est né en 1951. Enseignant, il s'intéresse particulièrement à l'apprentissage de la lecture et à la littérature de la jeunesse. Des contacts réguliers avec des groupes de jeunes enfants l'ont encouragé à écrire des histoires. Ses premiers textes ont été publiés dans des journaux pour enfants. Il traduit également des auteurs allemands pour la jeunesse.
Bernard Friot a déjà publié *Histoires pressées* dans la collection Zanzibar.

Né en 1949 au pied des Pyrénées, **Alfred Morera** est marqué par deux démons : le dessin à 13 ans l'architecture à 20.
Passé le long rêve de la ville idéale, à plat ventre sur les planches de concours d'architecture (Espagne, Grèce, Ile Maurice, Santiago du Chili avec atterrissage à Marne-la-Vallée), il rebondit en Algérie.
Après une expérience totale d'architecture et le pays parcouru en tous sens pendant une dizaine d'années, c'est le retour en France en 1984 avec l'empreinte indélébile du pays et la tête pleine d'images du désert, ébouriffées.
Le cadre architectural est plutôt étriqué sous nos nuages ; il en profite pour tourner la page. Le démon du dessin prend la relève et commence à gambader de la pub à l'édition (entre autres, recueils de poésies et de nouvelles dans la collection Zanzibar).
En 1991, il est sélectionné, à Bologne, à la Foire internationale des illustrateurs du livre pour enfants.

Suite et fin

Le loup était bien vieux, maintenant, et si fatigué ! Pendant des années, il s'était épuisé à courir après les trois petits cochons, sans jamais les attraper. Maintenant, il pouvait à peine marcher et ne se déplaçait plus qu'en fauteuil roulant.

Les trois petits cochons aussi avaient vieilli. Mais eux, ils avaient eu la belle vie, bien à l'abri dans leur maison de briques. Ils avaient

toujours mangé à leur faim et ils étaient encore roses et gras.

Seulement, pendant toutes ces années, la ville n'avait cessé de grandir et de se rapprocher de la forêt où ils habitaient. Et à trois pas de chez eux, sans qu'ils s'en doutent, on avait construit un centre commercial avec une boulangerie, un bureau de tabac, une pharmacie et une boucherie-charcuterie.

Un beau matin, alors qu'ils faisaient des galipettes dans leur jardin, le boucher les aperçut. Aussitôt, il téléphona à l'abattoir et, deux heures plus tard, les trois petits cochons étaient passés de vie à trépas.

Depuis, tous les jours, le loup s'en va, en fauteuil roulant, à la boucherie et achète trois tranches de jambon, trois côtelettes et trois saucissons. Pur porc.

Voleur

Avant, j'avais peur des voleurs. Toutes les nuits, je les entendais fouiller dans mon placard. Vite, j'allumais ma lampe de chevet, mais c'était toujours trop tard. Ils sentaient tout de suite que j'étais réveillé, et ils filaient sans laisser de traces.

Quand j'en parlais à papa, il se moquait de moi. « Tu inventes, disait-il. Les voleurs savent très bien qu'il n'y a rien à voler chez nous. Et puis, ajoutait-il en se frappant la poitrine

comme un orang-outan, tu oublies que je suis là pour te défendre ! »

Oui, mais une nuit, j'en ai vu un, de voleur. J'avais la main sur l'interrupteur, alors, dès que je l'ai entendu, j'ai allumé et je ne l'ai pas raté. Je crois bien qu'il a eu aussi peur que moi. Faut dire que j'avais mis mon déguisement de squelette à la place de mon pyjama, et c'est plutôt impressionnant.

– Écoutez, je lui ai dit, vous ne trouverez pas grand-chose ici. Mais allez voir dans la chambre de mon père, il cache son portefeuille sous l'oreiller.

Il m'a regardé d'un air ahuri, mais il a fait ce que j'ai dit. Il a quand même pris ma tirelire sur l'étagère. Je m'en fichais pas mal : il n'y a pas un sou dedans. J'y mets seulement mes vieux chewing -gum et mes crottes de nez.

Dès qu'il a eu le dos tourné, je me suis précipité à la fenêtre. J'ai vu qu'il avait pris une échelle pour monter. Je l'ai déplacée de quelques centimètres, puis je suis vite allé voir ce qu'il faisait à mon papa.

J'ai collé mon œil à la serrure et j'ai assisté au spectacle. Les mains en l'air, papa tremblait comme un œuf en gelée, et je l'entendais claquer des dents plus fort qu'une paire de castagnettes.

– File-moi ton portefeuille ! a ordonné le voleur. Et fais pas le malin, je sais qu'il est planqué sous l'oreiller !

Papa a sorti le portefeuille, bien gentiment, et l'a donné au voleur. (Entre nous soit dit, c'est pas avec ça qu'il va faire fortune, le mal-

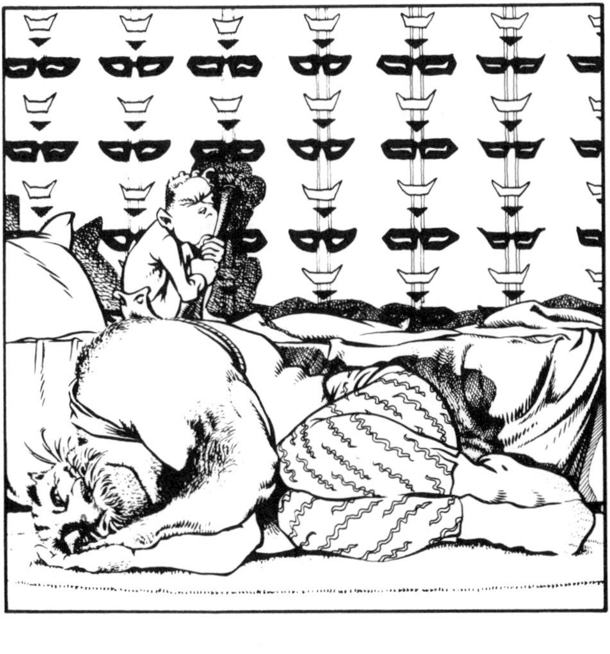

heureux. Dans le portefeuille, il n'y avait que deux tickets de métro et la photo de ma petite sœur.)

Je suis retourné à toute vitesse dans ma chambre et je me suis fourré au lit. Deux secondes après, j'ai vu le voleur repasser pour sortir par la fenêtre. J'ai fait semblant d'être mort de peur. Il a enjambé le rebord de fenêtre, il a posé un pied sur l'échelle et... patatras, il a dégringolé jusqu'en bas. J'ai vite refermé les volets et je me suis recouché pour de bon. Je crois que j'ai jamais si bien dormi.

Depuis, c'est drôle, j'ai plus peur des voleurs. Mais, papa, si. Il se réveille dès qu'il entend un bruit et, après, il ne peut plus fermer l'œil de la nuit. Alors, quand je suis très, très gentil, je l'autorise à dormir dans ma chambre. Sur le tapis.

Chou

Mme Michat aime beaucoup son fils. Comme elle aime aussi beaucoup les choux, elle l'appelle toujours « mon chou ».

Le fils Michat a horreur d'être pris pour un légume. Il répond à chaque fois :

– Je ne m'appelle pas « mon chou », je m'appelle Michat.

– Oui, mon chou, répond Mme Michat.

Un matin, Mme Michat lave des chaussettes dans l'évier pendant que son fils prend son

petit déjeuner. Le dos tourné, Mme Michat dit à son fils :

– Mon chou, dépêche-toi, tu vas arriver en retard à l'école.

Le fils Michat ne répond pas. Mme Michat se retourne et pousse un cri : sur la chaise où était assis son fils, il y a... un chou !

– Mon chou, s'écrie Mme Michat. Mais qu'est-ce qui t'arrive ?

Elle prend le chou dans ses bras, le caresse, le cajole, l'embrasse, le console.

– Mon pauvre chou, mon pauvre chou, dit-elle. Qu'est-ce qu'on va faire ? Il faut pourtant que tu ailles à l'école ! C'est le jour de la dictée et des tables de multiplication !

Tout à coup, elle a une idée. Elle enfonce un bonnet sur la tête du chou, le pose dans un panier et l'emmène à l'école. Elle va trouver l'instituteur et lui dit en montrant le panier :

– C'est mon chou. Le pauvre chou, il est devenu tout chou.

L'instituteur la regarde d'un air ahuri et dit :

– Mais oui, mais oui, madame Michat. Vous feriez mieux de rentrer chez vous.

Mme Michat lui donne le panier avec le chou et retourne chez elle.

Devinez qui l'attend, affalé sur le canapé, en train de regarder la télévision ? Le fils Michat, évidemment.

Mme Michat s'est fâchée. Et elle n'a toujours pas pardonné à son fils. Maintenant, elle ne l'appelle plus jamais « mon chou », mais, selon les jours, « patate » ou « cornichon ».

Petite annonce

C'est le début qui m'a donné le plus de mal.

J'ai d'abord essayé « Jeune garçon, grand, mince, très beaux yeux turquoise, longs cheveux blonds bouclés, traits réguliers, élève brillant dans toutes les matières, premier prix de piano et de banjo, sportif de haut niveau, excellente éducation, charmant, modeste, distingué... »

Mais c'était un peu long.

Ensuite, j'ai essayé : « Jne gçn, phys. excpt.,

yx bl., bld bcl., exc. étds, mus. dipl., sptf, bn man., nbr. qual... »

Mais ce n'était pas très clair.

Alors, j'ai essayé : « Jeune garçon, parfaitement parfait... »

Mais c'était trop sec.

Finalement, j'ai trouvé la bonne formulation :

« Jeune garçon, beau, intelligent, doué, sportif, aimable, vend skateboard bon état. Tél. 89 24 96 57, heures de repas. »

Répondeur

Il est tard. Fabien allume la lampe de chevet, met ses lunettes, regarde le réveil. 21 h 53. Il éteint la lampe. Il n'a pas peur du noir. Enfin, pas trop.

Il attend longtemps, les yeux grands ouverts. Il sait qu'il ne pourra pas dormir. Puis il rallume la lampe : 22 h 01. Seulement.

Alors il se lève, enfile un anorak, des bottes, noue une écharpe autour de son cou. Il ouvre la porte de l'appartement, serre la clé dans son

poing, allume la lumière sur le palier, appelle l'ascenseur, attend.

L'ascenseur ouvre ses portes. Fabien appuie sur le bouton « RdC ». Rez-de-chaussée, douze étages à descendre.

Il traverse le hall, sort dans la rue. Il fait froid. En remontant la rue, deux cents mètres plus loin, il y a une cabine téléphonique. Il cherche dans la poche de son anorak une carte de téléphone. Il entre dans la cabine, compose le numéro.

La voix répond :

« Bonjour, vous êtes bien chez Marlène Barat. Je ne suis pas chez moi pour l'instant. Si vous désirez laisser un message, attendez le signal sonore et parlez. Merci, et à bientôt. »

Fabien attend le signal sonore. Et parle :

– Bonsoir, maman. Je n'arrive pas à m'endormir. S'il te plaît, quand tu seras rentrée, viens me souhaiter bonne nuit.

C'est tout. Il raccroche, rentre se coucher, éteint la lampe de chevet et s'endort. Aussitôt.

La cage

Ma grand-mère a un perroquet. Il s'appelle Toto, quel nom idiot.

Un jour, je lui dis :

– Pauvre Toto, qu'est-ce que tu dois t'enquiquiner dans ta cage ! Tiens, j'ouvre la porte, barre-toi, va rejoindre tes copains en Amazonie.

– Non, mais t'es marteau ! répond Toto. Je connais pas le chemin, moi. Au premier tournant, je suis sûr de me paumer.

– T'affole pas, je lui dis. T'as qu'à apprendre la géographie. Tiens, voilà un atlas.

Toto, c'est un drôle d'oiseau. Au bout d'un mois, il savait sa géographie sur le bout des plumes. Alors, moi, je lui dis :

– Eh bien, maintenant, tu peux y aller. Qu'est-ce que t'attends ?

– Mais t'es givré ou quoi ? répond Toto. Et les chats, les chiens, les chasseurs, tu crois qu'ils vont se gêner ? Dès que je mettrai le bec dehors, pan, pan, pan, bonjour le carnage !

– Trouillard ! je lui dis. T'as qu'à te défendre. Viens, je t'amène chez mon prof de judo.

Toto, c'est un rude coco. Au bout d'un mois, il était ceinture noire de judo, et champion de karaté par-dessus le marché. Alors, moi, je lui dis :

– C'est aujourd'hui le grand départ ? Allez, salut, et bon voyage !

– Non, mais tu débloques ! répond Toto. J'ai pas l'habitude de coucher dehors, moi, je vais crever de froid.

– Quelle petite nature ! je lui dis. T'as qu'à apprendre à tricoter, je te fournis la laine et les aiguilles.

Toto, c'est un drôle de numéro. Au bout d'un mois, il s'était tricoté un bonnet, un cache-nez, des chaussettes et trois pull-overs. Alors, moi, je lui dis :

– Maintenant, Toto t'as tout ce qu'il te faut. Tu peux quitter ta cage.

– Ouais, ouais, répond Toto, je suis prêt, j'y vais !

Et il sort de la cage, agite les ailes et s'élance droit vers le ciel.

*

* *

Deux mois plus tard, je reçois une carte postale de Toto :

« C'est génial, ici. Et toi, comment ça va ? Quand est-ce que tu quittes ta cage ? Je t'attends. »

Il est marteau, Toto. Je connais pas le chemin, moi. Au premier tournant, je suis sûr de me paumer !

Histoire - télégramme

DRAGON ENLÈVE PRINCESSE - ROI DEMANDE CHEVALIERS SAUVER PRINCESSE - TROIS CHEVALIERS ATTAQUENT DRAGON - PREMIER CHEVALIER CARBONISÉ - DEUXIÈME ÉCRABOUILLÉ - TROISIÈME AVALÉ TOUT CRU - ROI DÉSESPÉRÉ - FACTEUR IDÉE - ENVOIE LETTRE PIÉGÉE DRAGON - DRAGON

EXPLOSE - PRINCESSE ÉPOUSE FACTEUR - HEUREUX - FAMILLE NOMBREUSE - RÉDUCTION SNCF - FIN -

Asticots

Je m'ennuyais, oh comme je m'ennuyais !

Papa avait invité tous les gens importants de l'usine et il m'avait obligé à assister au dîner. Quand je suis entré dans le salon, il m'a présenté en disant : « Et voici votre futur patron ! » Parce que l'usine lui appartient, et elle sera à moi quand je serai grand.

En attendant, je m'ennuyais à mourir. Ils parlaient tous de choses qui ne m'intéressaient pas, que je ne comprenais même pas. Alors,

j'ai été content quand papa m'a demandé d'aller chercher la salade. J'avais mal aux jambes à force de rester assis sans bouger.

Je suis allé à la cuisine. Tout était préparé sur une table roulante. Il y avait une petite coupe en cristal pour chaque invité, avec des feuilles de salade, des crevettes et des amandes grillées pour décorer.

En voyant les coupelles de salade, tout à coup, je ne sais pas pourquoi, j'ai pensé aux asticots. Aux asticots pour la pêche que je conserve dans le frigidaire, derrière le pot de fromage blanc.

J'ai sorti la boîte du frigidaire, j'ai ôté le couvercle et j'ai glissé un asticot dans chaque coupelle de salade. Ensuite, j'ai poussé la table roulante jusqu'à la salle à manger. J'ai servi les invités et je me suis assis.

Après, je ne me suis plus ennuyé. J'ai regardé comment ils se débrouillaient avec leur asticot. C'était très intéressant. Sauf papa. Il n'arrêtait pas de parler. Il a avalé sa salade et son asticot sans rien remarquer.

Mme Dumont, la secrétaire de direction, a failli s'étouffer quand elle a aperçu la gentille petite bête qui se tortillait au milieu des cre-

vettes. Mais elle est maligne. Elle a regardé à droite, elle a regardé à gauche et, pfuit ! de la pointe de son couteau, elle a expédié l'asticot le plus loin possible. Ni vu ni connu.

M. Lechansu, le chef comptable, lui, il m'a plutôt impressionné. Quand il a découvert l'intrus, il a à peine froncé un sourcil : il l'a soigneusement enveloppé dans une feuille de salade et l'a avalé sans broncher.

Le plus drôle, je trouve, c'était M. Terrier, le chef du département informatique. Quand il a vu l'asticot, il a eu un hoquet si violent que ses lunettes ont dégringolé dans son assiette. Il les a repêchées et les a remises sur son nez, puis il a fixé la pauvre bête d'un air horrifié comme si elle allait lui sauter à la figure. Ça a bien duré deux minutes. Alors, je l'ai un peu aidé. J'ai demandé :

– Vous n'aimez pas les crevettes, monsieur Terrier ?

Il a balbutié :

– Si, si... c'est-à-dire non..., je veux dire oui... oui, bien sûr...

Et, courageusement, il s'est lancé. Il a avalé l'asticot, d'un seul coup, avec un énorme morceau de pain, puis il a vidé un verre d'eau pour faire passer le tout. Oh, la tête qu'il faisait ! J'ai dû me cacher derrière ma serviette tellement je riais.

Mais, brusquement, mon père m'a rappelé à l'ordre :

– Jean-Victor, dépêche-toi de manger. Tout le monde a fini depuis longtemps.

Il avait sa voix de président-directeur général. Alors, je n'ai pas discuté. En trois coups de fourchette, j'ai avalé ma salade.

Et l'asticot.

Histoire renversante

Élisa-Marie Lalande mange au restaurant, aujourd'hui, avec ses parents. Le maître d'hôtel prend la commande. Élisa-Marie pointe du doigt sur la carte les plats qu'elle a choisis :

– Je veux du consommé de homard, dit-elle, puis du civet de chevreuil et de la charlotte aux pêches.

Le maître d'hôtel note, s'incline et s'éloigne.

Quelques instants plus tard, un serveur apparaît. Il pose une grande assiette blanche devant

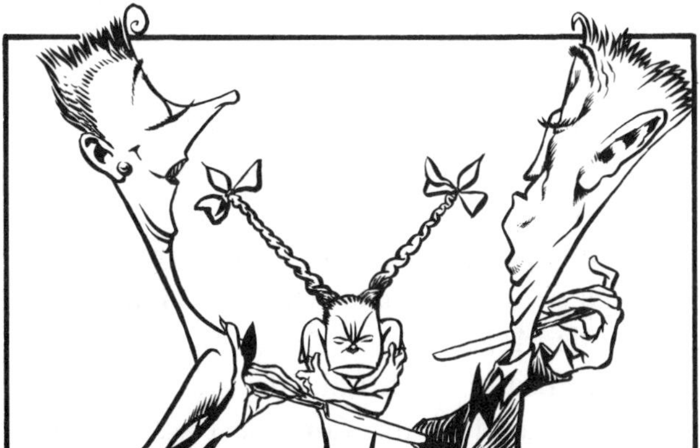

Élisa-Marie. Sur l'assiette est placée une coupelle de porcelaine rouge et or contenant le consommé de homard.

Élisa-Marie, à deux mains, soulève la coupelle et la renverse sur la table.

– J'aime pas ça ! dit-elle.

La soupe claire dégouline sur la nappe, la moquette, sur la jupe de soie de Mme Lalande. Mme Lalande jette un coup d'œil étonné à sa fille, secoue légèrement sa jupe et reprend sa conversation avec son mari.

Le serveur, très raide, lèvres pincées et sourcils froncés, éponge la nappe, la moquette. Mais pas la jupe de Mme Lalande. Puis il ramasse l'assiette et la coupelle et disparaît.

Quelques minutes plus tard, un autre serveur s'approche. Il pose une assiette devant Élisa-Marie.

– Civet de chevreuil, annonce-t-il.

Élisa-Marie, à deux mains, soulève l'assiette et la renverse sur la table.

– J'aime pas ça ! dit-elle.

Éclats de sauce sur la nappe, le mur, sur la cravate de M. Lalande.

– Oh, Élisa ! fait M. Lalande.

Le serveur, furieux, ramasse l'assiette. Un

quart d'heure plus tard, nouveau serveur, nouvelle assiette. Charlotte aux pêches et son coulis de framboises.

Élisa-Marie, à deux mains, soulève l'assiette et la renverse sur la table.

– J'aime pas ça ! dit-elle.

Coulis coulant, dégoulinant. Taches sur la nappe, les chaises, sur la chemise de M. Lalande, le corsage de Madame. Mais ni l'un ni l'autre n'y prêtent attention.

Alors, le serveur, à deux mains, soulève Élisa-Marie et la renverse sur la table.

– J'aime pas ça ! dit-il.

Une chaussure tombe sur la moquette, le gilet d'Élisa-Marie glisse sous une chaise.

– Chérie, tiens-toi bien ! fait Mme Lalande.

Robot

J'ai un robot. C'est moi qui l'ai inventé. J'ai mis longtemps, mais j'y suis arrivé.

Je ne le montre à personne. Même pas à maman. Il est caché dans la chambre du fond, celle où l'on ne va jamais, celle dont les volets sont toujours fermés.

Il est grand, mon robot. Il est très fort aussi, mais pas trop. Et il sait parler. J'aime bien sa voix.

Il sait tout faire, mon robot. Quand j'ai des

devoirs, il m'explique. Quand je joue aux légos, il m'aide. Un jour, on a construit une fusée et un satellite.

L'après-midi, quand je rentre de l'école, il est là. Il m'attend. Je n'ai pas besoin de sortir la clef attachée autour de mon cou. C'est lui qui m'ouvre la porte.

Après, il me prépare à goûter, une tartine de beurre avec du cacao par-dessus. Et moi, je lui raconte l'école, les copains, tout...

Un jour, je suis arrivé en retard. Il y avait un accident près de l'école, une moto renversée par un autobus. J'ai regardé les infirmiers mettre le blessé dans l'ambulance. Quand je suis rentré, il était presque six heures.

Il m'attendait en bas de l'escalier. Quand il m'a vu, il s'est précipité. Il m'a agrippé par les épaules et il m'a secoué. Il criait :

– Tu as vu l'heure, non ? Mais tu as vu l'heure qu'il est ? Où étais-tu ? Tu aurais pu me prévenir...

Je n'ai rien dit. J'ai baissé la tête. Alors, il s'est accroupi, et il a dit, doucement :

– Comprends-moi, je me faisais du souci...

Je l'ai regardé. Droit dans les yeux. Et c'est vrai, j'ai vu le souci, dans ses yeux. Et presque plus de colère. Alors, j'ai mis mes bras autour de son cou. Il m'a soulevé et m'a emporté jusque chez nous.

Je l'aime bien, mon robot.

Je lui ai donné un nom. Je l'appelle : papa.

Façons de parler

Papa, il est prof de français... Oh, pardon : *mon père enseigne la langue et la littérature françaises.* C'est pas marrant tous les jours ! Je veux dire : *parfois, la profession de mon père est pour moi cause de certains désagréments.*

L'autre jour, par exemple. En sciant du bois, je me suis coupé le pouce. Profond ! J'ai couru trouver papa qui lisait dans le salon.

– Papa, papa ! Va vite chercher un panse-

ment, je pisse le sang ! ai-je hurlé en tendant mon doigt blessé.

– Je te prie de bien vouloir t'exprimer correctement, a répondu mon père sans même lever le nez de son livre.

– *Très cher père*, ai-je corrigé, *je me suis entaillé le pouce et le sang s'écoule abondamment de la plaie.*

– Voilà un exposé des faits clair et précis, a déclaré papa.

– Mais grouille-toi, ça fait vachement mal ! ai-je lâché, n'y tenant plus.

– Luc, je ne comprends pas ce langage, a répliqué papa, insensible.

– *La douleur est intolérable*, ai-je traduit, *je te serais donc extrêmement reconnaissant de bien m'accorder sans délai les soins nécessaires.*

– Ah, voilà qui est mieux, a commenté papa, satisfait. Examinons d'un peu plus près cette égratignure.

Il a baissé son livre et m'a aperçu, grimaçant de douleur et serrant mon pouce sanguinolent.

– Mais t'es cinglé, ou quoi ? a-t-il hurlé, furieux. Veux-tu f... le camp, tu pisses le sang ! Tu as dégueulassé la moquette ! File à la salle de bains et dém...-toi ! Je ne veux pas voir cette boucherie !

J'ai failli répondre : « *Très cher papa, votre façon de parler m'est complètement étrangère. Je vous saurais donc gré de bien vouloir vous exprimer en français.* » Mais j'ai préféré ne rien dire.

De toute façon, j'avais parfaitement compris. Je suis doué pour les langues, moi.

Toujours pareil

C'est toujours pareil...

La maîtresse tire sa chaise, derrière le bureau. Les uns après les autres, elle nous regarde. Elle nous inspecte, plutôt. Enfin, elle s'assoit. (En fait, elle ne pose qu'une fesse sur la chaise, parce que la chaise est trop petite pour le derrière de la maîtresse.) Et puis elle se lève, brusquement, tellement brusquement que tout se met à trembler sur elle : ses joues, sa

poitrine, son ventre et le gras de ses bras. Et puis elle fonce sur moi et elle crie :

– Martial ! Encore toi ! Toujours toi !

Mais aujourd'hui, j'ai mis un œuf sur sa chaise, un bel œuf tout frais pondu.

La maîtresse a tiré sa chaise, derrière le bureau. Les uns après les autres, elle nous a regardés. Elle nous a inspectés, plutôt. Enfin, elle s'est assise. (En fait, elle n'a posé qu'une fesse sur la chaise, parce que la chaise est trop petite pour le derrière de la maîtresse.) Et puis, elle s'est levée brusquement, tellement brusquement que tout s'est mis à trembler sur elle, ses joues, sa poitrine, son ventre et le gras de ses bras. Et puis, elle a foncé sur moi et elle a crié :

– Martial ! Encore toi ! Toujours toi !

C'est bien ce que je disais : c'est toujours pareil.

Sauf que c'était différent.

Autobus

C'était un autobus. Enfin, pas vraiment, parce qu'il n'avait que deux roues. C'était plutôt un vélo. Mais pas tout à fait, à cause de son hélice. En réalité, c'était un hélicoptère. Avec une cheminée qui crachait de la fumée, comme une locomotive à vapeur. Pourtant, il ne roulait pas sur des rails. Il flottait sur l'eau, comme un bateau. Mais c'était quand même un autobus. D'ailleurs, il était conduit par un chauffeur d'autobus.

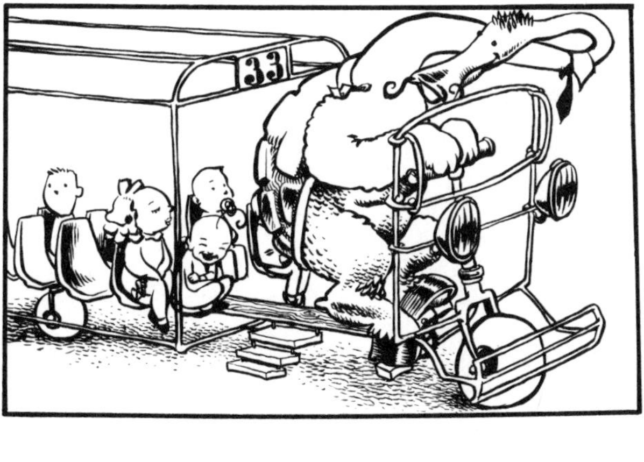

Disons plutôt : une sorte de chauffeur d'autobus. Parce qu'il n'avait pas de casquette. À cause des piquants qui lui poussaient sur le crâne. Mais ce n'était pas vraiment un hérisson. La preuve, c'est qu'il avait une carapace, comme une tortue. Et des sabots, comme un cheval. Et une poche sur le ventre, comme un kangourou. Et un très, très long cou, comme une girafe. Mais c'était quand même un chauffeur d'autobus. D'ailleurs, il conduisait un autobus.

Programme

Son père était psychologue, sa mère ingénieur en informatique. Ensemble, ils avaient créé un programme pour son éducation. Tout était prévu : le poids en grammes pour chaque ration d'épinards ; l'heure à laquelle il devait se coucher le samedi 3 juillet ; les baisers et les câlins auxquels il avait droit (2,1 baisers par jour en moyenne, 4,3 les jours de fête) ; la couleur des chaussettes qu'il porterait le jour de ses huit ans...

Tous les matins, l'ordinateur le réveillait en chantant un peu faux : « Réveille-toi, petit homme », puis lui annonçait le programme de la journée.

Il obéissait sans peine, suivait sans rechigner les instructions. Il était programmé pour ça, après tout. Une seule chose le gênait : de temps en temps, l'ordinateur annonçait : « Aujourd'hui, 16 h 32 : bêtise. »

Ses parents savaient qu'un enfant normal, parfois, fait des bêtises. « C'est inévitable, disaient-ils, et même indispensable à son équilibre. »

Lui, il avait horreur de ça. Pas tellement parce qu'ensuite, on le grondait. Il sentait bien que ses parents faisaient semblant de se fâcher et qu'ils étaient fiers, en réalité, quand il imaginait une bêtise originale. Mais, justement, c'était ça qui était difficile. Il n'avait pas d'imagination et devait se torturer la cervelle pour inventer, chaque fois, une bêtise nouvelle. Il avait électrifié la poignée de la porte d'entrée, un soir où ses parents avaient organisé une grande réception. Il avait lâché des piranhas dans la piscine, pendant que sa grand-mère se baignait. Il avait transformé le fauteuil de son instituteur en siège éjectable. Un jour, même, il avait piraté les ordinateurs qui commandent les feux rouges de la ville et provoqué des embouteillages monstres. Et bien d'autres choses encore.

Mais maintenant, il était à court d'idées. Il ne savait vraiment plus quoi inventer. Alors, ce matin-là, quand l'ordinateur annonça : « Aujourd'hui, 7 h 28 : bêtise », il réfléchit désespérément. Et, juste à temps, il trouva la seule bêtise qui lui restait à faire.

Il s'assit devant l'ordinateur, appuya sur toutes les touches, donna des milliers d'instructions et détruisit, à tout jamais, le programme qui l'éduquait.

Loup-Garou

Antoine entre en courant dans la classe. Il est en retard, comme d'habitude.

– Monsieur, monsieur ! crie-t-il encore tout essoufflé, cette nuit j'ai vu un loup-garou.

– À la télé ? demande Céline.

– Mais non, en vrai !

– Oh, arrête tes conneries, dit Fabien.

– Il veut faire l'intéressant, dit Valérie.

– Hou... hou... hou... loup-garou ! hurle Damien, pour rire.

Le maître, lui, enfonce son bonnet sur ses oreilles.

– Mais si, je vous jure, dit Antoine. Il était habillé comme un homme, mais j'ai vu ses pattes toutes poilues avec des griffes longues comme ça !

– Et il avait du vernis sur ses ongles ? demande Aline en se tordant de rire.

Toute la classe s'esclaffe bruyamment.

Le maître, lui, de ses mains gantées de noir, redresse le col de son manteau.

Antoine s'énerve.

– Puisque je vous dis que je l'ai vu ! Même qu'il avait des oreilles pointues et deux grandes dents, là, comme un loup. Et ses yeux ! Tout rouges, comme du feu ! J'ai eu une de ces trouilles quand il m'a couru après ! Je me demande comment j'ai pu lui échapper...

Mais plus personne ne l'écoute. Il attend un instant, puis s'assied, déçu, à sa place.

– Taisez-vous ! crie le maître d'une voix rauque, animale. Les yeux cachés derrière d'épaisses lunettes noires, il regarde Antoine fixement et marmonne entre ses dents :

– Toi, la prochaine fois, je ne te louperai pas !

Le secret

Je le sais, je le sais : mon père n'est pas mon père, ma mère n'est pas ma mère.

Je le sais parce que c'est évident.

C'est évident parce que ça ne peut pas être autrement.

Je suis fils de roi.

Il ne faut pas le dire, c'est un secret. Ils m'ont échangé à la naissance avec un autre bébé. Ça existe, je l'ai vu à la télé, dans un

film. Mais l'autre bébé est mort aussitôt après. Et maintenant, le roi et la reine croient qu'ils n'ont pas d'enfant. Alors qu'ils m'ont, moi.

C'est le Premier ministre qui m'a échangé. Il voulait se venger et tout hériter. Comme Edgar dans *Les Aristochats.*

Mais un jour, ils me retrouveront, et quand je serai grand, je serai roi.

J'imagine la tête de mon père. Il n'osera plus me traiter d'empoté, et m'attraper quand je casse quelque chose, alors que je ne l'ai pas fait exprès... De toute façon, c'est pas mon père.

Et ma mère, elle sera rudement embêtée de m'avoir obligé à manger des choux de Bruxelles, alors que j'ai horreur de ça. Elle sera forcée de s'excuser. Et moi je lui dirai : « C'est rien, Madame, c'est pas grave. » Mais quand je l'inviterai dans mon château, je lui servirai des tripes et du boudin froid, parce que je sais qu'elle déteste ça.

Maintenant, quand ils m'attrapent, ça ne me fait rien du tout. Je me dis : « Vous verrez, quand vous saurez qui je suis ! »

Parce que, bien sûr, je ne leur ai encore rien dit. C'est un secret. Je vous le dis à vous parce que vous n'écoutez pas. Mais c'est quand même vrai. Alors, s'il vous plaît, ne le répétez pas.

Un Martien

Planète Mars, neuf heures du soir.

Cher papa, chère maman,

Eh oui, me voici sur la planète Mars. J'espère que vous vous êtes bien inquiétés depuis ce matin et que vous m'avez cherché partout. D'ailleurs, je vous ai observés grâce à mes satellites espions et j'ai bien vu que vous faisiez une drôle de tête cet après-midi. Même

que papa a dit : « Ce n'est pas possible, il a dû lui arriver quelque chose ! » (Comme vous le voyez, mes micros longue distance sont ultra-puissants.) Eh bien, j'ai un peu honte de le dire, mais je le dis quand même, parce que c'est la vérité : je suis rudement content que vous vous fassiez du souci. C'est de votre faute, après tout. Si vous ne m'aviez pas interdit d'aller au cinéma avec François, je ne serais pas parti. J'en ai marre d'être traité comme un gamin ! D'accord, je n'aurais pas dû vous traiter de vieux sadiques. Mais maman m'a bien traité de gros mollasson, alors on est quittes.

Ne me demandez pas comment je suis arrivé ici, c'est un secret et j'ai juré de ne pas le dire. En tout cas, je me plais bien sur Mars. Les gens ne sont peut-être pas très agréables à regarder, mais ils sont super sympa. Personne ne fait de réflexions quand vous avez les ongles un peu sales ou quand vous avez le malheur d'avoir un 9 en géographie. Vous voyez à qui je fais allusion...

Il y a quand même des choses un peu bizarres. Je ne parle pas des espèces de scarabées que les Martiens grignotent à l'apéritif. Sur Terre aussi, il y a des trucs impossibles à

manger. Les choux de Bruxelles, par exemple, ou le gras de jambon. Non, le plus tordu, c'est la façon dont on fait les bébés. Il suffit qu'un garçon et une fille se regardent dans les yeux, et hop ils deviennent papa-maman. J'ai déjà une demi-douzaine d'enfants. Je crois que je vais mettre des lunettes de soleil. C'est plus prudent.

J'ai encore des tas de choses à vous raconter, mais je préfère m'arrêter là. Portez-vous bien et à bientôt, j'espère.

Félicien

PS : Vous seriez gentils de m'envoyer deux sandwiches au saucisson, un yaourt à la fraise et une bouteille de jus de raisin. Et dites-moi si vous êtes encore fâchés.

PPS : Vous n'avez qu'à laisser le colis et la lettre devant la porte du grenier. Ne vous inquiétez pas, ça arrivera.

Bourreau d'enfant

– Arrête de cracher dans la soupe ! dit le père, sinon je te pince les oreilles jusqu'à ce que ça saigne.

– Arrête de lancer les tomates au plafond ! dit le père, sinon je te plonge dans les waters et je tire la chasse après.

– Arrête d'assommer ta mère avec le poulet ! dit le père, sinon je te coince dans la cheminée et je fais un feu d'enfer pour te griller les pieds.

– Arrête de verser la purée dans le·cou de mémé ! dit le père, sinon je te tartine de confiture et je te jette dans un nid de guêpes.

– Arrête de bombarder ton petit frère avec les pastèques ! dit le père, sinon je te découpe en rondelles et je te donne à manger au chien de la concierge.

Mais le fiston n'écoute pas son papa, et il renverse le café brûlant sur la tête de la tante Amélie. Alors, son papa, fou de rage, lui donne une petite tape sur les doigts.

Poli

Moi, je suis poli. Mais ce n'est pas ma faute. Je suis trop timide. Alors, quand une grande personne me parle, je sais tout juste dire : « Bonjour, madame. Merci beaucoup. S'il vous plaît. Oui, monsieur... »

L'autre jour, maman m'a dit : « Va porter ce pot de confiture à Mme Dulong-Debreuil. Mais dépêche-toi et, surtout, si elle t'invite à rentrer, dis-lui que tu n'as pas le temps. »

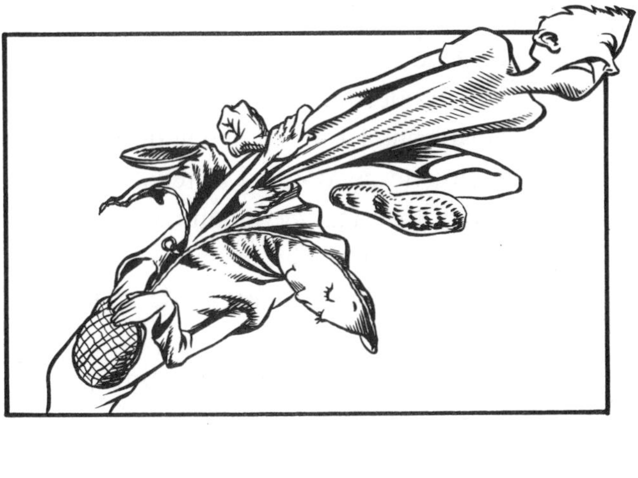

Je suis donc allé chez Mme Dulong-Debreuil. Elle habite une vieille maison entourée d'un jardin à l'abandon, une vraie jungle. J'ai réussi tant bien que mal à me frayer un chemin et j'ai frappé à la porte.

– Oh bonjour, mon trésor, a dit Mme Dulong-Debreuil en m'ouvrant la porte. Comme c'est gentil de rendre visite à une vieille dame esseulée !

– Bonjour, madame, ai-je répondu poliment. Maman vous envoie...

– Mais entre donc, mon trésor, m'a interrompu Mme Dulong-Debreuil. Ne reste pas planté là, tu vas prendre froid.

Je n'ai pas osé dire non, évidemment, et j'ai suivi Mme Dulong-Debreuil dans son salon. D'un geste de la main, elle m'a désigné un vieux fauteuil défoncé. Poliment, je me suis assis. Catastrophe ! J'ai cru que je disparaissais dans une cuvette de W-C ! J'ai réussi in extremis à me rattraper aux accoudoirs.

– Tu es bien installé, mon trésor ? m'a demandé Mme Dulong-Debreuil de sa voix de crécelle.

– Oui, madame, ai-je répondu poliment.

Ensuite, j'ai senti une chose répugnante le long de ma jambe.

– Ça ne te gêne pas, mon trésor, si Pouffi s'installe sur tes genoux ? m'a demandé Mme Dulong-Debreuil.

– Non, madame, ai-je répondu poliment.

Et Pouffi, après avoir escaladé ma jambe droite, s'est installé confortablement sur mes genoux. Il s'est même amusé à me chatouiller le nez avec sa langue fourchue. En plus, on ne s'imagine pas, mais un boa constrictor, ça pèse rudement lourd.

Mme Dulong-Debreuil m'a laissé deux minutes tout seul avec Pouffi, puis elle est revenue avec un verre à la main.

– Tiens, mon trésor, a-t-elle dit, je t'ai préparé un verre de jus de pomme.

Effectivement, ça ressemblait à du jus de pomme, mais ça n'avait pas la même odeur. Et quand j'ai commencé à boire, je me suis aperçu que c'était du whisky.

Mais, bien sûr, je n'ai rien osé dire et j'ai vidé mon verre en faisant d'atroces grimaces, tellement ça me brûlait l'estomac.

Ensuite, je me suis senti tout bizarre, tout différent. Et quand Mme Dulong-Debreuil m'a tendu la boîte à cigares, j'ai donné un coup de pied dedans, j'ai lancé son Pouffi par la fenêtre et j'ai dit à cette vieille sorcière :

– Madame Dulong-Debreuil, vous êtes une...

Mais non, je ne peux pas le répéter. Je n'ose pas... Je suis trop poli !

Rangement

Nicolas jouait tranquillement. Soudain, la porte de sa chambre s'ouvrit et sa mère entra. Elle resta un instant la bouche grande ouverte, comme paralysée. Et puis, elle hurla :

– Qu'est-ce que c'est que ce... ce... foutoir ! Tu vas me ranger ça immédiatement ! Je reviens dans une demi-heure et je veux voir chaque chose à sa place, tu m'entends, chaque chose à sa place !

Nicolas soupira, se leva lentement, regarda d'un air ennuyé tout autour de lui, puis se décida. Il sortit des boîtes, des cartons, des valises, des caisses en plastique, des malles en osier et se mit à ranger.

Il rangea ses billes, ses autos miniatures, ses livres, ses légos, ses images de foot, sa collection de timbres, ses chaussettes, ses cahiers, ses dessins... Chaque chose à sa place, exactement, proprement.

Et puis, comme il restait des cartons, il rangea aussi ses rêves, ses envies, ses joies, ses chagrins, ses bêtises, ses souvenirs, ses frayeurs, ses mensonges... Chaque chose à sa place, exactement, proprement.

Quand sa mère revint, une demi-heure plus tard, plus rien ne traînait. L'ordre était impeccable. Elle appela :

– Nicolas, où es-tu ?

– Je suis là, répondit une voix. À ma place, à ma place...

Elle regarda autour d'elle, mais ne vit rien. Elle regarda sous le lit, derrière le bureau, le fauteuil. Toujours rien. Alors, elle ouvrit l'armoire, vida les tiroirs, sortit les boîtes, les cartons, les valises, fouilla les placards, mit un désordre épouvantable... et retrouva, enfin, son Nicolas.

Personne

On frappe à la porte d'entrée.

Je crie :

– Maman, il y a quelqu'un !

Pas de réponse. Je vais à la cuisine. Personne. Je regarde dans la chambre. Personne.

Je vais ouvrir. Personne. Je me penche par-dessus la rampe d'escalier. Personne.

Je rentre. Le téléphone sonne.

– Allô ?

– ...

– Allô ? Allô ? Répondez !

Personne. Je fonce à la salle de bains. J'allume. Je me regarde dans la glace.

Personne.

Maman

Maman, vraiment, ça serait bien si tu m'aimais un peu moins. Ton amour, tu sais, c'est comme un gros gâteau écœurant. Un peu, ça va. Mais trop, ça rend malade.

Le matin, quand je mange mes tartines, tu me serres très fort dans tes bras et tu m'appelles « mon petit canard », « mon cornichon adoré », « ma pupuce à moi toute seule »... C'est dangereux, maman. Un jour, je vais m'étrangler en avalant.

Et à midi, à la sortie de l'école, tu te jettes sur moi et tu m'embrasses sur la bouche, devant tous mes copains. Tu ne te rends pas compte, maman. Un jour, j'en mourrai de honte. Ce sera de ta faute, je t'aurai prévenue.

Allons, allons, maman, arrête de pleurer. Écoute, j'ai une idée. Tout cet amour en trop, on pourrait le partager. François, le gamin d'à côté, je suis sûr qu'il en prendrait un peu. Son père le bat quand il est saoul, et sa mère n'est jamais là. Et Sophie, c'est pareil. Son père est parti en Australie et sa mère s'est remariée avec un Anglais. Alors, une heure d'amour de temps en temps, je crois bien que ça l'intéresserait.

Et puis, maman, si tu as tant d'amour en réserve, pourquoi tu n'en gardes pas un peu pour papa ? Tu sais, moi, ça ne me priverait pas. Et lui, je parie, il ne dirait pas non. Peut-être même qu'il reviendrait habiter chez nous, si tu l'aimais un peu, un tout petit peu. Tu ne crois pas ?

Consultation

– Ah, docteur, gémit l'ogre, ça ne va vraiment pas fort. Je sens comme un poids sur l'estomac et j'ai toujours envie de vomir. Si ça continue, il faudra que je me mette au régime.

– Voyons, voyons, dit le médecin, ne vous affolez pas. Ce n'est peut-être pas si grave que ça. Dites-moi ce que vous avez mangé ces jours derniers.

– Eh bien, dit l'ogre en rassemblant ses souvenirs, avant-hier, j'ai croqué un garde-cham-

pêtre, un coureur cycliste et une marchande de fruits et légumes. Tous bien frais, et pas trop gras.

– Ce n'est vraiment pas ça qui vous a rendu malade, dit le médecin en se grattant le menton. Et hier, qu'avez-vous mangé ?

– Hier, répond l'ogre, j'ai avalé une institutrice et quelques-uns de ses élèves. Je ne sais plus combien : ils sont tellement petits à cet âge-là.

– Vous n'avez quand même pas mangé la classe entière d'un seul coup ? interroge gravement le médecin.

– Non, non, répond l'ogre. J'en ai gardé quelques-uns pour le goûter. Et pour le dîner, je me suis fait un sandwich avec un gendarme et deux directeurs d'usine. Au dessert, j'ai pris une danseuse étoile. Avec son tutu.

– C'est tout ? demande le médecin.

– Oui, oui, fait l'ogre.

– Vous êtes sûr ? demande le médecin. Réfléchissez bien.

– Ah oui, maintenant je me souviens ! s'écrie l'ogre. En traversant la forêt, j'ai mangé une fraise des bois.

– Ne cherchez plus, dit le médecin. C'est ça qui vous a rendu malade !

– Et vous pensez que c'est grave ? demande l'ogre, inquiet.

– Mais pas du tout ! répond le médecin. Tenez, avalez ce cachet et dans trente secondes vous ne sentirez plus rien.

– Et je ne serai pas obligé de me mettre au régime ?

– Pas le moins du monde. Reprenez tranquillement votre alimentation habituelle. Mais évitez les fraises des bois et les framboises !

– Oh merci, docteur, merci beaucoup !

Et l'ogre, tout joyeux, retrouve d'un seul coup son bel appétit. Il se rhabille en vitesse, remet ses souliers, saute sur le médecin et n'en fait qu'une bouchée.

Je t'haine

Les autres, ils ont des petites amies. Mais moi, j'ai une grande ennemie. Elle s'appelle Virginie. Je la connais depuis la maternelle, mais avant, c'était comme si elle n'existait pas. Maintenant, c'est tout le contraire. Je pense à elle sans arrêt. Même la nuit quand je dors.

Je la déteste. Je la trouve moche, archilaide, affreuse à faire peur, avec ses cheveux blonds bouclés et ses grands yeux bleus, comme le produit qu'on verse dans les waters.

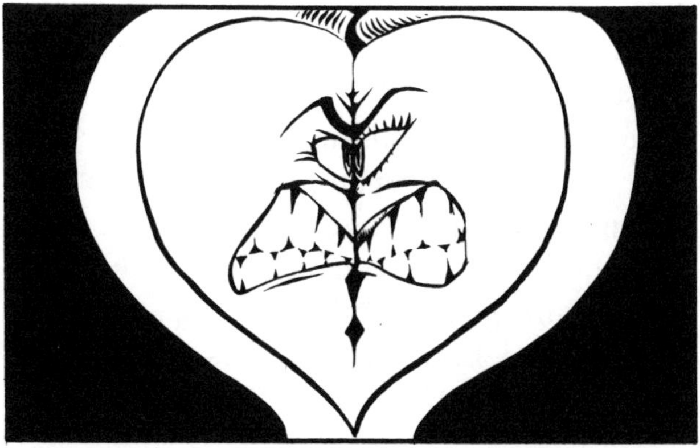

Tous les jours, je lui envoie des petits mots. Mais pas des mots doux, des mots durs : *« Grosse soupière, reste dans ton buffet. »* Ou bien : *« Sale limace, arrête de baver sur mes salades. »* Elle me répond sur du papier à lettres vert épinard, parfumé à l'eau de Javel et décoré de têtes de mort.

Quand on est en rang, je me mets derrière elle pour lui faire des croche-pied dans l'escalier. Elle, elle me pince les mollets en tournant trois fois. Ça fait mal.

C'est la première fille que je déteste comme ça. Je la détesterai toute ma vie, j'en suis sûr, même dans dix ans, quand je serai grand. Mais elle, est-ce qu'elle pensera encore à moi ? Jeudi dernier, à la récré, elle s'est bagarrée avec Frédéric. Elle lui a tordu le nez en criant, devant tout le monde : « Je te déteste ! Je te déteste ! »

J'étais mort de jalousie, mais j'ai fait semblant de ne rien entendre. Elle aurait été trop contente. Pour me venger, je l'ai laissée tranquille quand on est rentrés en classe. Je lui ai même souri, pour lui faire croire que je ne la détestais plus. Et pendant le cours de math, j'ai envoyé un billet à Rachel, la fille qui est assise à côté d'elle. J'ai écrit : « *Rachel poubelle, tu es la reine des ordures !* » J'ai fait exprès de mal viser et le billet est tombé sur la table de Virginie. Quand elle l'a vu, elle est devenue toute pâle.

À la sortie, elle m'a couru après. J'ai couru aussi, mais elle m'a attrapé par le bras et elle m'a enfoncé ses ongles dans la main. Je ne me suis pas défendu. Ça l'a rendue folle de jalousie. Elle a crié :

– Dis-le-moi, dis-le-moi que tu me détestes !

Mais j'ai hurlé plus fort qu'elle :

– Moi ? Je ne t'ai jamais détestée ! Au contraire, je t'aime, je t'aime !

Elle n'a pas répondu. Elle m'a tourné le dos. J'ai bien vu qu'elle pleurait. Alors je lui ai donné un coup de pied dans les fesses.

Pour la consoler.

Frigidaire

Ils disent que je fais pipi au lit. Ce n'est pas vrai. Je mouille mon lit, d'accord, mais je ne fais pas pipi.

Je leur ai expliqué des dizaines de fois, mais ils ne me croient pas. Ils disent que j'invente, que je raconte n'importe quoi.

Est-ce que c'est ma faute, à moi, s'il m'arrive n'importe quoi ?

L'autre nuit, par exemple, je me suis réveillé. Je sentais un petit creux à l'estomac.

Je me suis levé pour voir s'il restait du gâteau au chocolat. Mais quand j'ai ouvert le frigidaire, j'ai failli tomber à la renverse. Trois bonshommes de neige s'étaient installés entre le rôti et la salade de fruits et me regardaient d'un air indigné.

– Alors, tu rentres ou tu sors, chou-fleur ? m'a dit l'un d'eux. Tu vois pas que tu nous réchauffes ?

Comme je ne réagissais pas, il m'a tiré par le bras, tandis qu'un de ses compagnons refermait la porte derrière moi.

Je n'en menais pas large. Mais ils ne m'ont pas fait de mal. Ils m'ont raconté des histoires et ils m'ont appris des tas de jeux. Le plus amusant, c'est le jeu de tire-carotte. Je ne vous explique pas la règle, parce que c'est trop compliqué.

Ensuite, les trois bonshommes de neige ont chanté pour moi. Mais comme ils ne connaissaient que des berceuses, je me suis très vite endormi.

C'est une branche de céleri qui m'a réveillé.

– Dépêche-toi, m'a-t-elle dit. Il est cinq heures passées. Tu devrais retourner dans ton lit.

J'ai regardé autour de moi. Mes trois amis étaient partis. Mais devinez ce qui m'était arrivé ! Des pieds jusqu'à la tête, j'étais couvert d'une épaisse couche de neige, comme un vrai bonhomme de neige. Et ça me tenait chaud, comme une combinaison de ski !

Je suis sorti du frigidaire et je suis remonté dans ma chambre. J'avais du mal à marcher : je me sentais tout raide et je glissais sur le carrelage.

Ensuite, je me suis recouché. J'étais tellement fatigué que je me suis endormi sans tarder.

À sept heures, papa m'a réveillé en criant :

– Lionel, oh non ! Tu as encore fait pipi au lit ! À ton âge !

C'est vrai, mon lit était trempé. Mais je n'avais pas fait pipi au lit : j'avais fondu, tout simplement.

J'ai raconté à papa tout ce qui m'était arrivé. Mais il ne m'a pas cru, comme d'habitude.

Je ne comprends pas pourquoi. Non, franchement, je ne comprends pas...

Dialogue

–Viens voir ici, j'ai à te parler ! C'est vrai ce qu'a raconté Mme Boutelou, que tu as traité son caniche de cochonnerie à poils ? Tu n'as pas honte ? Qu'est-ce qu'elle t'a fait, cette pauvre bête ? Elle t'a mordu, peut-être ? Le mignon petit toutou, il ne ferait pas de mal à une mouche ! De quoi j'avais l'air, moi, devant Mme Boutelou ! Tu y as pensé à ça ? Hein, tu m'entends ? Je t'ai posé une question. Ce n'est pas la peine de regarder tes souliers, c'est à toi

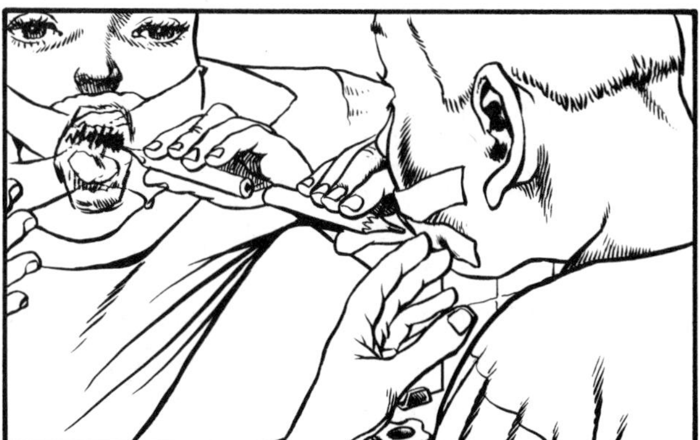

que je parle ! Tu vas me faire le plaisir d'aller t'excuser, compris ! Pas la peine de discuter, c'est un ordre. Et tu apporteras un os à Billy, pauvre petit chien. Non, mais qu'est-ce qui t'a pris ? Tu pourrais m'expliquer ? De toute façon, tu n'as aucune excuse ! Oh, tu peux secouer la tête, ce n'est pas ça qui m'impressionne. Tais-toi, tu n'as pas la parole. J'ai quand même le droit de te faire des remarques, je pense ! Tu devrais réfléchir avant de parler, c'est moi qui te le dis ! Ça t'éviterait bien des ennuis ! Tu m'écoutes, oui ou non ? Réponds ! Oh, je sais ce que tu vas dire, tu vas encore m'inventer une de tes histoires à dormir debout ! Oui, oui, je te connais, pour baratiner, tu es très fort ! Je me demande de qui tu tiens ça ! Et ne m'interromps pas quand je parle ! Non, mais c'est trop fort ! Si tu crois que tu vas avoir le dernier mot, tu te trompes, mon petit bonhomme ! Non, mais ! Ah, voilà qu'il boude, maintenant ! Monsieur est vexé ! Eh bien, puisque c'est comme ça, je ne te parle plus, tu m'entends, plus jamais ! Tu peux supplier, te rouler à mes pieds, je resterai muette comme une tombe ! Tu es bien embêté, hein ? Tant pis pour toi, je t'avais prévenu. Ça t'apprendra à me couper sans arrêt la parole. Et tu verras ce que dira ton père, quand il rentrera. Ah, ah, tu es moins bavard, maintenant, tu ne fais plus le fier...

Etc. etc. etc.

(Cette histoire ne se termine pas. Mais ce n'est pas de ma faute.)

Roxy

Je voulais un petit chien.

J'ai eu un petit frère.

Je n'ai pas pu discuter. Papa a dit :

– Pas question de chien dans la maison, voyons, tu vas avoir un petit frère. Devine comment on va l'appeler. Simon ! Ça te plaît ?

Ça ne m'intéressait pas. Mon chien, moi, je lui avais déjà trouvé un nom : Roxy.

Quand le bébé est né, je n'ai pas voulu aller le voir à la maternité. Mais il est quand même arrivé à la maison.

– Regarde comme il est mignon, ton petit frère, a dit maman.

Alors, évidemment, j'ai été obligé de le regarder. Eh bien, moi aussi je l'ai trouvé mignon. Il avait un petit museau tout ridé, de longs poils noirs sur le crâne et des pattes minuscules qu'il serrait très fort.

Alors, je me suis approché et je lui ai dit tout doucement à l'oreille :

– Salut, Roxy, c'est moi, François. Dis, ça te plairait d'être mon toutou à moi, rien qu'à moi ?

Il a ouvert les yeux, Roxy, il m'a regardé, et j'ai compris que ça voulait dire oui.

Depuis ce jour-là, on est copains, Roxy et moi.

Avec mon argent, je lui ai acheté un os en plastique qui fait du bruit quand on appuie dessus. Papa a dit que c'était idiot, que ça ne plairait pas à Simon. Mais c'était pas pour Simon, c'était pour Roxy. Et ça lui a drôlement plu. C'est son jouet préféré, il dort toujours avec.

Quand il a été plus grand, c'est moi qui lui ai

tout appris : à marcher à quatre pattes, à jouer avec une balle, à se cacher sous le lit... Chaque jour, je l'emmenais dans le parc et on s'amusait bien tous les deux : je lui lançais un bâton et il le rapportait en courant.

Je lui ai aussi appris à aboyer. Le jour où il a fait « wouawoua » pour la première fois, papa était tout content. Il a téléphoné à toute la famille pour dire :

– Simon commence à parler et devinez quel est son premier mot : papa !

Des fois, il ne comprend rien, mon père.

Mais samedi dernier, pauvre Roxy, ç'a été dur pour lui.

Papa et maman sont rentrés du supermarché avec un panier plat en osier. Et dans le panier, il y avait un chien.

– Tiens, m'ont-ils dit, c'est pour toi. Ton frère est grand, maintenant, tu peux avoir ton chien. Roxy, hein, c'est bien comme ça que tu voulais l'appeler ?

Roxy n'a rien dit. Il s'est seulement serré contre moi pour voir ce qu'il y avait dans le panier. Mais j'ai compris.

Alors, je l'ai fait grimper sur mes genoux,

j'ai pris sa tête dans ma main, je lui ai gratté doucement le crâne et je lui ai dit :

– T'inquiète pas, Roxy, c'est toi mon toutou à moi. Lui, ça sera juste mon frère, tu comprends ? On l'appelera Simon, d'accord ?

Roxy m'a regardé droit dans les yeux, puis il s'est blotti contre moi.

Alors, j'ai compris qu'il était d'accord.

Si...

Si maman m'envoie chercher du pain ; si je peux mettre mon nouveau pull bleu et blanc ; si je la rencontre à la boulangerie ; si elle est venue seule, sans sa petite sœur et sans son chien ; si elle me sourit ; si elle me demande de la raccompagner ; si on ne croise personne en chemin ; si on prend le raccourci à travers champ ; s'il y a un orage juste au moment où on passe devant la chapelle abandonnée ; s'il se met à pleuvoir à verse ; si on court se réfu-

gier dans la chapelle ; si le tonnerre se met à gronder ; si la foudre tombe tout près de nous ; si elle a très peur et se met à crier...

... je lui prendrai la main et je dirai : « Marie, tu sais, je t'aime bien. »

Grand-petit

Les pavés dans la rue ne sont pas des pavés. Ce sont des morceaux de sucre. Je les arrache un à un avec ma pince à sucre et je les laisse tomber dans ma tasse à café.

Ma tasse à café n'est pas une tasse à café. C'est un tonneau avec une anse.

Si j'enlève l'anse, le tonneau n'est plus un tonneau. C'est mon verre à dents. Avec ma brosse à dents.

Ma brosse à dents n'est pas une brosse à

dents. C'est un poteau avec des poils rouges et blancs.

Je jette le poteau dans l'océan. Ce n'est pas l'océan, c'est le lavabo rempli d'eau.

Je regarde dans le miroir, je vois un géant. Ce n'est pas un géant, c'est moi. Ce n'est pas moi, c'est un nain. Ce n'est pas un nain, c'est... j'en sais rien.

Nain ou géant ?
Petit ou grand ?
« Mon tout-petit », dit maman.
« Qu'il est petit », dit le médecin.
« Pauvre petit », dit la voisine.
« Mon grand », dit maman.

Moustique

J'attends qu'ils soient couchés. Bon, voilà. L'homme éteint la lumière. Parfait, je peux y aller. Je mets mon petit moteur en marche : bzzzrrr, bzzzrrr...

L'homme : Zut ! un moustique !

Il rallume. Mais j'ai prévu la manœuvre. Je coupe aussitôt le moteur et je me planque. Tu peux chercher, gros bouffi, tu n'es pas près de

me trouver. Ça y est, il éteint à nouveau. Je peux recommencer mon tintamarre. Et bzzzrrr... et bzzzrrr... Agite-toi, mon bonhomme, retourne-toi dans ton lit, mets-toi l'oreiller sur la tête, je suis toujours là et je m'en donne à cœur joie. Je monte, je descends, je te frôle les oreilles, je te chatouille le nez...

La femme (elle crie) : Albert, fais quelque chose ! Ça me rend folle !

Allez, Albert, lève-toi et allume encore un coup. Oh là, là, là, que c'est difficile de sortir de son lit ! Mais oui, prends ta pantoufle, mon vieux, qu'on s'amuse un peu ! Tu me vois ? Alors, qu'est-ce que tu attends ? Frappe ! Pas de chance, c'est trop haut pour toi. Eh bien, grimpe sur le lit.

La femme : Aïe, tu me marches sur les pieds.

Arrête, arrête, tu me fais trop rire ! Mais non, bzzzrrr... bzzzrrr..., tu ne regardes pas du bon côté ! Coucou, je suis là ! Paf ! Raté, gros père ! Et paf ! Encore raté !

Oh non, tu joues plus ! T'es pas marrant, toi

alors ! Tu te recouches ? Attends un peu. Je repars à l'attaque et cette fois-ci, je pique ! Là, dans le cou ! Tu verras, demain, quand tu mettras ta chemise ! Et maintenant, je pompe. Pouah ! Qu'est-ce que t'as bu ! T'as au moins trois grammes d'alcool dans le sang, vieux poivrot !

Je vais me venger, sur ta bobonne. Mmmm, que c'est bon, ça, c'est tout sucré. Dis donc, elle doit aimer les pâtisseries, ta femme.

Allez, je suis sympa, je vous laisse tranquilles maintenant. Et merci pour le repas ! J'ai du mal à décoller, tellement j'ai rempli le réservoir, ah, ah, ah...!

Horreur ! Qu'est-ce que c'est que ça ! Dans quoi je me suis fourré ? Impossible de me dépêtrer. Maman ! Une toile d'araignée ! Vite, il faut que je me sorte de là... Trop tard ! Au secours, la voilà ! Elle avance... Non ! Non! Nooonnn...

Faim

C'est fini.

Je ne mangerai plus jamais rien.

Je me laisserai mourir de faim.

Maman pourra pleurer, menacer, supplier, ça ne changera rien.

Et les « une cuillère pour papa, une cuillère pour grand-maman, une cuillère pour tatie Annie, une cuillère pour ta maman chérie... », elle peut laisser tomber.

D'abord, papa est parti. Très loin d'ici. Au Canada, je crois, ou au Guatémala.

Et grand-maman est morte.

Et tatie Annie est entrée au couvent.

Et maman chérie, elle se fiche bien de moi depuis qu'elle a rencontré son Monsieur Dabert. Elle va même l'épouser, elle me l'a annoncé. Parce qu'il est riche, Monsieur Dabert. C'est pas étonnant, les gâteaux, dans sa pâtisserie, il les vend plus cher que le caviar ou le foie gras truffé.

Mais ça m'est égal : demain, je commence ma grève de la faim.

Je deviendrai tout maigre. Mince comme une allumette. Je pourrai me glisser sous les portes, me faufiler entre les barreaux des fenêtres.

Et tout le monde se fera du souci pour moi.

Et, une nuit, j'entrerai dans la pâtisserie de Monsieur Dabert. En passant par le trou de la serrure.

Et là, je lui faucherai tout. Tout, tout, tout : les babas, les mokas, les brioches et les croissants, les mille-feuilles, les meringues, les madeleines et les amandines, les bavarois, les chocolats, les sucres d'orge et les tartes aux poires... Tout, tout, tout, je mangerai tout !

Lettre à l'auteur

Monsieur,

Je vous écris pour vous dire que j'ai beaucoup aimé votre livre. Et je ne suis pas la seule : à la maison, tout le monde l'a adoré. Surtout Anita, ma petite sœur. Elle le traîne partout avec elle. Elle couche même avec. Et quand elle prend un bain, elle le jette dans la baignoire. Elle dit que c'est un sous-marin.

Mes parents, eux, l'ont trouvé tellement bien

qu'ils en ont acheté chacun une dizaine d'exemplaires. Ils se les envoient à la figure quand ils ont une scène de ménage. Ils disent que c'est bien mieux que des assiettes, parce que ça ne casse pas et que ça peut resservir plusieurs fois.

Moi, dans votre livre, ce que je préfère, c'est la page 142. C'est là que j'élève mes asticots pour la pêche. J'ai tartiné toute la page avec du camembert et j'ai attendu que ça moisisse. Les asticots adorent.

Finalement, il n'y a que mon grand-père qui n'aime pas votre livre. C'est de sa faute aussi : il l'a lu. Quelle drôle d'idée.

Avec toute mon admiration.

Élodie

Ma sœur

J'ai regardé ma petite sœur dans son berceau. Elle dormait. Qu'est-ce qu'elle était moche ! Je l'ai retournée sur le ventre. Mais je voyais encore ses cheveux blonds et brillants. J'ai remonté le drap. Ça ne suffisait pas. Je lui ai jeté deux coussins sur la figure. Et j'ai fermé les yeux. Ça ne servait à rien : je la voyais dans ma tête maintenant.

J'ai donné un coup de pied dans le berceau. Elle a roulé par terre. Je l'ai attrapée par les

cheveux et je l'ai secouée. Ça pèse pas lourd, ces machins-là. J'ai secoué très fort. Elle a couiné « ma-man-ma-man... ». Après, le mécanisme s'est coincé. Je l'ai lancée en l'air et elle est retombée sur le lit, tête la première, yeux grands ouverts.

Et puis maman est entrée. Elle a dit :

– Qu'est-ce que tu as fait à ta poupée ?

J'ai répondu :

– C'est ma petite sœur.

Elle a soupiré. Puis elle s'est assise au bord du lit, lentement, à cause de son gros ventre. On aurait dit un sac de linge sale posé sur ses genoux. Elle m'a serrée contre elle.

– Tu sais, a-t-elle dit, ce ne sera pas une petite sœur. Je suis allée chez le médecin aujourd'hui. Il a regardé dans mon ventre avec un appareil, pour voir si le bébé est en bonne santé. C'est un garçon.

J'ai demandé :

– Alors, j'aurai un petit frère ?

– Oui, a répondu maman.

J'ai réfléchi. Et puis j'ai dit :

– Alors, ça va mieux.

J'ai pris ma poupée, je l'ai couchée dans son berceau et je l'ai regardée un long moment.

Ça ne me faisait plus rien maintenant.

Table des matières

« Aventure »

JEAN CAZALBOU - MARIE FETE
L'énigme de la main verte

MICHEL COSEM
Les traces sauvages de l'Estélas
La chevauchée de la délivrance
L'enlèvement de Brunissen
La chanson du troubadour

LOUIS ESPINASSOUS
Jean de l'Ours

GIORDA
Les naufragés du Bounty
Prix de la Société des Gens de Lettres-1987

ALIM HEKMAT
Pour l'amour d'un cheval

YVES HEURTE
Les chevaux de vent

GERARD HUBERT-RICHOU
L'épreuve des trois causses

SARITA KENDALL
Le récif de la cloche

CATHERINE MISSONNIER
Le mystère de la grange aux loups

HELENE MONTARDRE
Les enfants sous la lande

JOSETTE RAUZY
L'Aventure a les pieds mouillés
L'ânesse en jupons

JACQUELINE SEYRAL
Le fils du chef canaque
L'année-Zanzibar

CHANTAL TOUZET
L'amulette du grand chef Yanoama
La dernière bataille de Pépé Caporal

« Poésie »

VENUS KHOURY-GHATA
Leçon d'arithmétique au grillon

HUBERT MINGARELLI
Le secret du funambule

« Nouvelles »

JEAN-MARIE ROBILLARD
La route des matelots
Jean des Oiseaux

« Historique »

PIERRE CORAN
Le commando des Pièces-à-Trous
La fronde à bretelles

MARIE-CHRISTINE HELGERSON
Vers l'Amérique

DOROTHY HORGAN
Au fil de la guerre

YVON MAUFFRET
Le jardin des enfants perdus
Pilotin du cap Horn

HELENE MONTARDRE
La colline aux oliviers

MICHEL PIQUEMAL
Le pionnier du Nouveau Monde

BEATRICE ROUAULT
Raoul à la conquête de l'Angleterre

JEAN-PAUL RAYMOND
Thierry, le chevalier sans nom

SUZANNE SENS
Mémoires d'Hubert, écuyer de Janville
L'été dans la tourmente
Jehan du Besiau

« Policier »

ROBERT BOUDET
Du rififi dans les poireaux

E.B.P.
La bague aux trois hermines

GIORDA
Les enquêtes de Mac et Maribé

GERARD HUBERT-RICHOU
Walkman

JULIE MARIVEL
L'affreuse affaire Malabarre

AMELIE RANGE
L'ice cream était presque parfait

JACKIE VALABREGUE
Le secret du scarabée d'or

« Fantastique - SF »

ANNE BECHLER
L'année de
la Sauterelle

ROBERT BOUDET
Objectif Terre !
Livre d'or, 1991

CLAUDE CENAC
Les robestiques

MARIE DUFEUTREL
Le lutin d'appartement
Le télépiège

CHRISTIAN GRENIER
Futurs antérieurs
Le satellite venu d'ailleurs

JACQUELINE HELD
Piège sur Orlanda

MIREILLE MAAGDENBERG
La bête des hachélèmes

MIETTE MARSOL
Fifine et le fantôme

GERARD MONCOMBLE
L'heure du rat
Prix Lire au Collège, 1988
Les yeux d'Oo

PIERRE PELOT
Le pays des rivières
sans nom

EMILY RODDA
Cochon vole !

JEAN-LUC SAUCET
L'étrange voyage
d'Augustin,
fils d'Oxymèle

FRANÇOIS SAUTEREAU
La petite planète

« Humour »

MAX DANN
Mon meilleur ennemi
Pour tout l'or du monde
Tabasse est amoureux

PHILIPPE DELERM
C'est bien !

BERNARD FRIOT
Histoires pressées
Nouvelles histoires pressées

THIERRY LEFEVRE
La terrible cuisine
de Benjamin

GERARD MONCOMBLE
Georges Bouton,
explomigrateur
L'héritage de Georges
Bouton

JEAN-LUC MOREAU
Mimi et le dragon

DEBRA OSWALD
L'incroyable Barry

« Société »

PHILIPPE BARBEAU
Le chat de l'ombre

ANNE BECHLER
Le trésor de l'île

NADINE BRUN-COSME
Lisa l'intruse
15e étage, porte droite : Léo

VALÉRIE DAYRE
Miranda s'en va

PHILIPPE DELERM
La fille du Bouscat

SUZANNE MALAVAL
Le bel été de Pontabeille

HELENE MONTARDRE
Au pied du mur
Hilaire, Hilarie et la gare de St-Hilaire

CLAIRE ADELAIDE MONTIEL
Le paradis des « dgines »

CLAUDE MORAND
Dans dix jours moins trois heures

ELEANOR NILSSON
Le 89e chaton

MICHEL PIQUEMAL
Le jobard
Grand Prix du livre pour la Jeunesse, 1989

ODILE RIONDET
Sophie s'en va

AMELIE RANGE
Agathe ou le jardin du peintre

EVELYNE REYMOND
L'après-midi des dames

LANCE SALWAY
Le pays imaginaire

JACQUES VENULETH
Juste un coin de ciel bleu
Matin d'orage

ACHEVÉ D'IMPRIMER
SUR LES PRESSES DE L'IMPRIMERIE
PUBLI-OFFSET
MERCUÈS 46090 CAHORS

DÉPÔT LÉGAL : SEPTEMBRE 1991
N° 910951